Conception graphique de la couverture : S A J E

Crédits photographiques :
Rabat gauche : (haut) © S. Brégardis; (bas) © Dankerleroux
"Boîte aux trésors" : © iStock/Thinkstock

IMPRIM'VERT®

ISBN : 978-2-7011-8264-3
Loi 49-956 du 16 juillet 1949 sur les publications destinées à la jeunesse.

Imprimé en France par SEPEC à Péronnas
N° d'imprimeur : 01662140956 - Dépôt légal : octobre 2014
N° d'édition : 70118264-01

Sylvain Brégardis - Dankerleroux

Tyl et les petits Elfes

Première leçon de potion

Belin Jeunesse

Les Territoires interdits
Le territoire des Elfes de l'eau
Le jardin de Filtra
Tyl
Talia
Timo
Les Elfes des prés

Le territoire des Zouterres
Le territoire des Elfes des prés
Le pont Traverse
Le territoire des Elfes d'en haut
Cléo
Silo
Les Elfes d'en haut
Zya
L'Elfe de l'eau
Grinn
Le Zouterre

Chapitre 1

Le grand jour

Le jour se lève sur le village de Tyl.

Les premiers rayons du soleil se posent sur sa truglutte.

Tyl, le petit Elfe, saute de son lit.

Il enfile ses habits, coiffe et recoiffe sa houppette.

Hop, il est prêt pour le petit déjeuner !

Mais ce matin, Tyl a le ventre un peu noué.

Les tartines au miel ne veulent pas descendre.

Eh oui ! **C'EST LA RENTRÉE !**

Tyl met son cartable sur le dos,

fait un bisou à ses parents et file à toute allure.

Il ne faut pas être en retard !

Tyl arrive au pont Traverse, où tous les chemins du village se croisent. Ses amis sont déjà là : Timo, Talia et Zya, la petite Elfe de l'eau. Et voici Cléo et Silo, les Elfes d'en haut, qui descendent de leurs arbres.

EN ROUTE !

Chapitre 2

La poudre de Hulette

Devant la porte de l'école, monsieur Hulette attend ses nouveaux élèves. Mais le maître n'est pas seul…

– Quoi ? Ce n'est pas possible ! s'écrie Tyl.

– **UN ZOUTERRE !** dit Talia.

– Pourquoi est-il dans notre classe ? murmure Timo.

Tyl et ses amis n'aiment pas les Zouterres. Ces Elfes à cornes de bouc leur font peur.

– Bonjour ! dit le maître. Je vous présente Grinn, il sera avec nous cette année.

DRELING ! Les Elfes entrent dans la classe. Le maître a préparé les ingrédients pour la première leçon de potion : des glands, des poils de renard, des œufs de grenouille, du pollen de peuplier et une pincée de poussière-dorée-d'en-bas.

– Ce matin, nous allons fabriquer une préparation de mon invention, annonce monsieur Hulette. Une pincée de cette poudre sur le sol, de l'eau et les plantes poussent aussitôt.

– C'est de la poudre de Hulette ! plaisante Tyl.

Le maître sourit, puis ajoute :

– Grinn, ne reste pas seul ! Installe-toi à côté de Tyl.

– Oh, non ! soupire Tyl.

Puis le maître écrit la recette de la potion au tableau.

– À vous de jouer ! dit-il.

Aussitôt, les petits Elfes se mettent au travail.

Chapitre 3

Les fleurs sucrées

Zya est la plus rapide : sa poudre de Hulette est déjà prête !

– **BRAVO !** dit le maître. Prends ces graines de fleurs sucrées. Grâce à ta potion, elles vont pousser en un clin d'œil.

Zya sort dans la cour.

– **PFF...** Elle a trop de chance ! soupire Timo.

– J'ai fini ! s'écrie soudain Talia.

– Tiens, voici tes graines de fleurs sucrées. Tu peux aller essayer ta potion avec Zya, dit le maître.

Tyl a presque terminé. Il ne lui reste plus qu'à ajouter le pollen de peuplier.

– Attention, dit monsieur Hulette, il ne faut pas en mettre trop, sinon…

Oups ! Trop tard, Tyl a déjà ajouté une grosse poignée de pollen dans sa préparation.

– Je t'avais prévenu ! dit monsieur Hulette.

Toute la classe éclate de rire.

Tyl est un peu vexé.

Grinn tend gentiment un morceau

de mousse à son voisin.

– Merci, marmonne Tyl en s'essuyant le visage.

– Vous pouvez sortir en récréation,

annonce monsieur Hulette.

Les Elfes se précipitent dans la cour.

WAOUH !

Zya et Talia sont entourées de fleurs multicolores !

– On peut goûter ? demande Tyl.

Timo ne s'est pas donné la peine de demander.

Le gourmand s'est déjà jeté sur les fleurs sucrées !

Les petits Elfes se régalent.

– Regardez ! La langue de Zya
est toute verte ! dit Talia.
Tous se tirent la langue en rigolant.
C'est alors que Tyl aperçoit Grinn,
qui est seul dans son coin.
– Viens avec nous ! lui dit-il.

– Laisse-le ! souffle Timo. Ça m'étonnerait qu'un Zouterre aime les fleurs sucrées. Je suis sûr qu'il préfère les araignées…

Mais Tyl ne l'écoute pas. Il apporte une fleur de chaque couleur au petit Zouterre.

– Goûte ! C'est trop bon ! dit Tyl.

– Mmm ! Merci ! répond Grinn avec un grand sourire.

DRELING ! DRELING !

– La récréation est terminée ! annonce le maître. Tout le monde en classe.

Chapitre 4

Un tour de sanglier

Midi, l'école est finie !

Le retour vers le pont Traverse se fait

dans la bonne humeur pour tous les Elfes.

Enfin… presque tous.

Grinn est derrière.

Personne ne l'attend.

– Un sanglier ! Un sanglier ! s’écrie Timo.

Les petits Elfes ne rateraient pour rien au monde un tour à dos de sanglier ! Ils rampent vers l’animal.

Mais soudain… **CRAC !**

Talia a marché sur une brindille.

Tous retiennent leur respiration.
Le sanglier tourne sa grosse tête,
mais il ne leur prête aucune attention.

Les Elfes grimpent sur le dos de l'animal
et s'installent derrière ses oreilles.
Il ne manque que…

– Grinn, dépêche-toi ! s'écrie Tyl.

– Il va tout gâcher, marmonne Timo.

– Tout le monde est prêt ? demande Silo.
Il s'approche de l'oreille du sanglier
et tire sur une petite touffe de poils.

GRUUUNCH !

– Accrochez-vous ! dit Tyl.

Le sanglier fonce droit devant lui.

Il traverse la prairie comme un fou, longe la rivière et entre… dans le jardin de Filtra.

C'est la guérisseuse du village.

Les petits Elfes sont paniqués, car les colères de Filtra sont terribles : ses yeux lancent des éclairs et sa voix gronde comme l'orage !

Chapitre 5

Quel désastre !

Le sanglier est pris au piège dans les hautes herbes du jardin. Il s'énerve. Et tout à coup…

VLAN ! Il jette Tyl et ses amis par terre.

Puis il s'enfuit… en dévastant tout sur son passage.

– Quel désastre ! s'écrie Silo.

– On prend la poudre d'escampette ? dit Timo.

– Non, la poudre de Hulette ! répond Tyl.

Et aussitôt, il organise son équipe.

– Cléo et Silo, vous allez cueillir du pollen de peuplier ! Timo, tu ramasses des glands ! Zya, tu t'occupes des œufs de grenouille ! Talia et moi, on va chercher des poils de renard.

Mais qui va ramener la poussière-dorée-d'en-bas ?
On ne trouve cette poussière précieuse
que dans les souterrains des Zouterres.
Et juste à côté, il y a les Territoires interdits !
C'est là que vit Crokfort, l'horrible bête qui transforme
en pierre tous ceux qu'elle mord !
Tyl et ses amis n'ont aucune envie d'y aller.
– Je m'en occupe ! dit Grinn.

Grinn court vers les Territoires interdits et Timo vers le grand chêne. Cléo et Silo disparaissent dans les arbres. Zya plonge dans la rivière, pendant que Tyl et Talia vont vers le petit bois.

– Là, un terrier de renard ! dit Tyl. Entrons !

Ouf, il est vide.

– J'ai trouvé ! s'écrie soudain Talia en ramassant une touffe de poils sur le sol.

– **BIEN JOUÉ !** dit Tyl.

Tyl et Talia retournent en courant chez Filtra.

Tout le monde est là, sauf… Grinn !

– On ne peut pas compter sur lui, dit Timo.

C'est un Zouterre, et…

– Il va revenir ! dit Tyl. J'en suis sûr.

Ne perdons plus de temps, commençons !

Zya prépare la potion.

Chapitre 6

Hourra !

Grinn n'est toujours pas revenu. Tyl est inquiet.

– **LE VOILÀ !** s'écrie Cléo.

Le petit Zouterre apparaît enfin. Il donne la poussière-dorée-d'en-bas à Zya, qui termine la potion.

Hop ! Chacun lance une poignée de poudre de Hulette dans le jardin.

Tyl et Grinn courent chercher de l'eau.

Silo et Timo arrosent le sol.

ÇA MARCHE ! Tout repousse.

Mais soudain, la nature se tait. Les oiseaux s'envolent.

Filtra est de retour !

– Dépêchez-vous ! s'écrient Talia et Zya.

Ni une, ni deux,
les petits Elfes se faufilent
à travers la haie.
Avant de se séparer,
tous jurent de ne pas
dire un mot de cette
aventure à leurs parents !

Tyl rentre dans sa truglutte, où son papa et sa maman l'attendent.
Il leur raconte tout… sauf son secret, bien sûr !
Après le bisou du soir, Tyl s'allonge dans son lit.
Son premier jour d'école a été fantastique.
Mais surtout, aujourd'hui, il s'est fait un nouvel ami.
Non, un nouveau **MEILLEUR AMI !**

Le lendemain matin, Filtra contemple avec surprise son jardin. Des milliers de fleurs se sont ouvertes !

– Que s'est-il passé ? se demande-t-elle.

ÇA, ELLE NE LE SAURA JAMAIS !

En piste !

À qui appartient le jardin que Tyl et ses amis ont saccagé ? Pour le découvrir, réponds à toutes les questions et suis le bon chemin.

Question 1

Où habite Tyl ?

a. Dans une truglutte.
b. Dans un arbre.
c. Sous une grande feuille.

Question 3

Quel est l'ingrédient qui fait partie de la poudre de Hulette ?

a. La pomme.
b. L'œuf de grenouille.
c. Le champignon.

Question 2

Qui accueille les enfants à l'école ?

a. Filtra.
b. Monsieur Canard.
c. Monsieur Hulette.

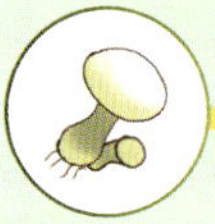

Question 4

Sur le dos de quel animal les Elfes aiment-ils grimper ?

a. Un hérisson.
b. Une coccinelle.
c. Un sanglier.

Question 5

Pourquoi Tyl et ses amis n'aiment pas le nouveau ?

a. Il se moque d'eux.
b. Il est nul en classe.
c. Il leur fait peur.

Question 6

Comment s'appelle la guérisseuse du village ?

a. Madame Dragon.
b. L'Elfe de l'eau.
c. Filtra.

Solution : 1-a, 2-c, 3-b, 4-c, 5-c, 6-c.

Fabrique ton herbier magique !

Une promenade en forêt ou dans les champs est l'occasion idéale pour ramasser de belles feuilles, des aiguilles de pins ou pour cueillir des fleurs (en faisant attention à ne pas arracher la plante)...

De retour à la maison, rassemble tous ces trésors dans un joli herbier.

Voici comment faire.

Il te faut :

- → des feuilles de papier,
- → des feuilles de papier à dessin (blanche ou de couleur),
- → un gros livre,
- → des pochettes plastiques transparentes perforées,
- → du scotch,
- → un classeur.

- **Pour faire sécher** tes feuilles et tes fleurs, pose-les bien à plat sur une feuille de papier. Couvre-les d'une autre feuille de papier, et glisse le tout entre les pages d'un gros livre.

- **Une semaine plus tard**, vérifie si tout a bien séché.

- Prends délicatement chaque feuille et chaque fleur, et dispose-les sur des feuilles de papier à dessin. **Mets un petit bout de scotch** sur chaque tige pour qu'elles ne glissent pas.

- **Écris sous chaque feuille et chaque fleur** le nom de l'arbre ou de la plante, et le lieu où tu les as trouvées.

- **Ta planche est prête !** Glisse-la dans une pochette plastique transparente pour la protéger et range-la dans un classeur que tu pourras compléter au fil de tes promenades.